三日目の夜
たぬき
『ゆかいな馬車屋』をひいてください。
ぼんぼん
二日目の夜
かっこう
先生、どうかドレミファを教えてください。
つかれているし、ねむいんだけどなぁ……。
四日目の夜
野ねずみの親子
先生、この子をなおしてやってくださいまし。
おれが医者などやれるもんか。
そして六日後の音楽会当日。
ゴーシュはうまくセロをひけるでしょうか？
JN242625

「注文の多い料理店」
「セロひきのゴーシュ」を書いた

宮沢賢治 (1896〜1933)

© 学研刊 現代日本文学アルバム10「宮澤賢治」より

大正・昭和時代の詩人・童話作家。岩手県の花巻に生まれる。「銀河鉄道の夜」や「風の又三郎」「雨ニモマケズ」など、その後よく知られるようになるたくさんの作品をのこした。

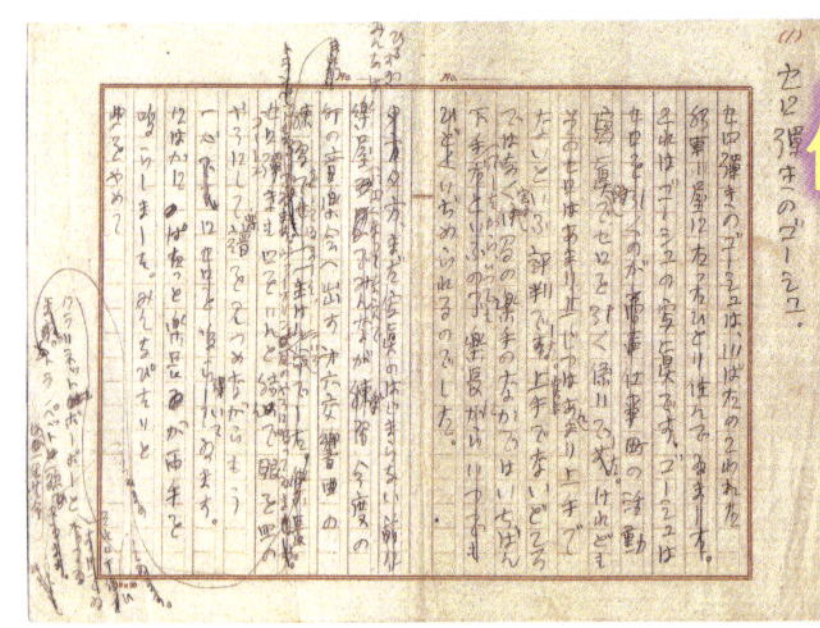

©宮沢賢治記念館

作品を何度も書きなおす賢治

一つの作品を何度も書きなおして、ほとんどちがう作品になってしまうこともありました。左は、「セロひきのゴーシュ」の原稿。

動物が登場する宮沢賢治作品

賢治は自然や動物が大すきでした。「注文の多い料理店」「セロひきのゴーシュ」以外にも、賢治の作品には、さまざまな動物が登場します。

『よだかの星』

みにくいすがたと、みんなにきらわれるよだか（ヨタカという鳥のこと）の話。

『なめとこ山のくま』

なめとこ山にすむくまと、くまをうつりょう師の話。

『雪渡り』

きつねにしょうたいされて、遊びに行く子どもたちの話。

ヨタカ

クマ

キツネ

＊動物の写真はイメージです。

原作者ノートⅡ

「月夜とめがね」「野ばら」「月とあざらし」を書いた

小川未明

(1882～1961)

新潟県の高田（今の上越市）に生まれる。自然を愛し、ふるさとの海や山からイメージを広げたげんそう的な作品世界をえがく。代表作「赤いろうそくと人魚」などをのこした。

書いたお話は1000編以上

未明が書いた童話はなんと1000編以上。世界的な童話作家アンデルセンになぞらえ、「日本のアンデルセン」ともよばれています。左は、最初の童話集「赤い船」。

未明と賢治の出身地を見てみよう

二人は、大正～昭和時代の日本の有名な童話作家です。どちらも自然を愛し、いつも弱い立場の人へのまなざしがありました。その作品は、今でも多くの人たちに読みつがれています。

未明の出身地
新潟県上越市

賢治の出身地
岩手県花巻市

小川未明のお話の世界をのぞいてみよう。

げんそう的な

物語その3

月夜とめがね

あるおだやかな月夜、おばあさんの家にやってくるふしぎなお客さんのお話です。

物語その4

野ばら

大きな国と小さな国。それぞれその国境を守る、二人の兵士の間に芽生えた友情のお話。

老人
大きな国の兵士。

青年
小さな国の兵士。

物語その5

月とあざらし

いなくなってしまった子どもをさがす、あざらしのお話です。

子どもがいなくなってさびしくてしかたがない！

風

あざらし

もくじ

◆宮沢賢治・作

◆小川未明・作

※この本では、小学生が楽しめるように、現代語表記にし、句読点や改行、仮名づかいなどを調整しています。
さし絵については、原作をふまえながら、親しみやすく表現しています。

月夜とめがね

注文の多い料理店

野ばら

セロひきのゴーシュ

月とあざらし

注文の多い料理店

宮沢賢治・作

二人のわかい紳士が、すっかりイギリスの兵隊のかたちをして、ぴかぴかする鉄ぽうをかついで、白くまのような犬を二ひきつれて、だいぶ山おくの、木の葉のかさかさしたとこを、こんなことをいいながら、歩いておりました。

「[*1]ぜんたい、ここらの山は、けしからんね。鳥もけものも一ぴきもいやがらん。なんでもかまわないから、早くタンタアーンと、やってみたいもんだなあ。」

「しかの黄色な横っぱらなんぞに、二、三発おみまいもうしたら、ずいぶん[*2]つうかいだろうねえ。くるくる回って、それから、どたっと、たおれるだろうねえ。」

それは、だいぶの山おくでした。案内してきた専門の鉄ぽううち

も、ちょっとまごついて、どこかへ行ってしまったくらいの山おくでした。

それに、あんまり山がものすごいので、その白くまのような犬が、二ひきいっしょに目まいをおこして、しばらくうなって、それからあわをはいて死んでしまいました。

「じつにぼくは、[*3]二千四百円のそんがいだ。」

と、一人の紳士が、その犬のまぶたを、ちょっと返してみて、いいました。

「ぼくは二千八百円のそんがいだ。」

と、も一人が、くやしそうに、頭を曲げていいました。

はじめの紳士は、少し顔色を悪くして、じっと、も一人の紳士の

＊1ぜんたい…いったいぜんたい。そもそも。＊2つうかい…むねがすっとして、たいへん気持ちがよいこと。＊3二千四百円…今のお金で、おおよそ二百万円から三百万円くらい。

顔つきを見ながらいいました。

「ぼくはもう、もどろうと思う。」

「さあ、ぼくもちょうど寒くはなったし、はらはすいてきたし、もどろうと思う。」

「そいじゃ、これで切りあげよう。なあに、もどりに、きのうの宿屋で、＊1山鳥を＊2十円も買って帰ればいい。」

「うさぎも出ていたねえ。そうすれば、けっきょくおんなじこった。では、帰ろうじゃないか。」

ところが、どうもこまったことは、どっちへ行けばもどれるのか、いっこう見当がつかなくなっていました。

＊1山鳥…体が赤茶色の、キジ科の鳥。日本の山地にすむ。＊2十円…今のお金でおよそ一万円くらい。

風がどうとふいてきて、草はざわざわ、木の葉はかさかさ、木はごとんごとんと鳴りました。

「どうもはらがすいた。さっきから横っぱらがいたくてたまらないんだ。」

「ぼくもそうだ。もうあんまり歩きたくないな。」

「歩きたくないよ。ああ、こまったなあ、なにか食べたいなあ。」

「食べたいもんだなあ。」

二人の紳士は、ざわざわ鳴るすすきの中で、こんなことをいいました。

そのとき、ふと後ろを見ますと、りっぱな一けんの西洋づくりのうちがありました。

そしてげんかんには、

RESTAURANT（レストラン）
西洋料理店（せいようりょうりてん）
WILDCAT HOUSE（ワイルドキャットハウス）
山猫軒（やまねこけん）

というふだが出（で）ていました。

「きみ、ちょうどいい。ここはこれで、なかなか開（ひら）*けてるんだ。入（はい）ろうじゃないか。」

「おや、こんなところにおかしいね。しかし、とにかくなにか食事（しょくじ）が

＊開（ひら）ける…店（みせ）などがあってべんりになる。

できるんだろう。」

「もちろんできるさ。かんばんに、そう書いてあるじゃないか。」

「入ろうじゃないか。ぼくはもう、なにか食べたくて、たおれそうなんだ。」

二人は、げんかんに立ちました。げんかんは白い瀬*1戸のれんがで組んで、じつにりっぱなもんです。

そして、ガラスの開き戸が立って、そこに金文字でこう書いてありました。

「どなたもどうかお入りください。けっしてごえんりょはありません」

二人はそこで、ひどくよろこんでいいました。

「こいつはどうだ、やっぱり世の中はうまくできてるねえ。今日一日*2なんぎしたけれど、今度はこんないいこともある。このうちは料理店だけれども、ただでごちそうするんだぜ。」

「どうもそうらしい。けっしてごえんりょはありません、というのはその意味だ。」

二人は戸をおして、中へ入りました。そこはすぐろうかになっていました。そのガラス戸のうら側には、金文字で、こうなっていま

*1瀬戸…焼き物のこと。　*2なんぎ…苦労すること。

した。

「[*1]ことに太ったお方やわかいお方は、大かんげいいたします」

二人は大かんげいというので、もう大よろこびです。

「きみ、ぼくらは大かんげいにあたっているのだ。」

「ぼくらは両方かねてるから。」

ずんずんろうかを進んでいきますと、今度は水色のペンキぬりの戸がありました。

「どうもへんなうちだ。どうしてこんなにたくさん戸があるのだろう。」

「これはロシア式だ。寒いとこや山の中は、みんなこうさ。」

そして、二人はその戸を開けようとしますと、上に黄色な字で、こう書いてありました。

「当軒は注文の多い料理店ですから、どうかそこはご承知[*2]ください」

「なかなかはやってるんだ。こんな山の中で。」

「そりゃあそうだ。見たまえ、東京の大きな料理店だって、大通りには少ないだろう。」

二人はいいながら、その戸を開けました。するとそのうら側に、

「注文はずいぶん多いでしょうが、どうかいちいち、こらえて[*3]ください」

「これはぜんたい、どういうんだ[*4]。」

一人の紳士は顔をしかめました。

「うん、これはきっと注文があまり多くて、したくが手間取るけれども、ごめんくださいと、こういうことだ。」

＊1ことに……とくに。　＊2ご承知ください……知っていてください。よくわかっていてください。　＊3こらえて……がまんして。　＊4どういうんだ……どういうことなんだ。

「そうだろう。早くどこか部屋の中に入りたいもんだな。」

「そして、テーブルにすわりたいもんだな。」

ところが、どうもうるさいことは、また戸が一つありました。そして、そのわきにかがみがかかって、その下には長いえのついたブラシがおいてあったのです。

戸には赤い字で、

「お客さま方、ここでかみをきちんとして、それから、はきもののどろを落としてください」

と書いてありました。

「これはどうももっともだ。ぼくもさっきげんかんで、山の中だと思って見くびったんだよ。」

＊1見くびる…たいしたことはないと思って、相手をばかにする。＊2作法…行いについての決まり。＊3けずる…ここでは、かみをくしでとかすこと。

「[*2]作法のきびしいうちだ。きっとよほどえらい人たちが、たびたび来るんだ。」

そこで二人は、きれいにかみを[*3]けずって、くつのどろを落としました。

そしたら、どうです。ブラシを板の上におくやいなや、そいつがぼうっとかすんでなくなって、風がどうっと部屋の中に入ってきました。

二人はびっくりして、たがいによりそって、戸をがたんと開けて、つぎの部屋へ入っていきました。早くなにかあたたかい物でも食べて、元気をつけておかないと、もうとほうもないことになってしまうと、二人とも思ったのでした。

戸の内側に、またへんなことが書いてありました。

「鉄ぽうとたまをここへおいてください」

見るとすぐ横に、黒い台がありました。

「なるほど、鉄ぽうを持って物を食うという法[*1]はない。」

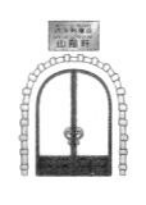

「いや、よほどえらい人が、しじゅう来ているんだ。」

二人は鉄ぽうをはずし、＊2帯かわをといて、それを台の上におきました。

また黒い戸がありました。

「どうか、ぼうしと＊3外とうとくつを、お取りください」

「どうだ、取るか。」

「しかたない、取ろう。たしかによっぽどえらい人なんだ。おくに来ているのは。」

二人は、ぼうしとオーバコートをくぎにかけ、くつをぬいでぺたぺた歩いて戸の中に入りました。

戸のうら側には、

＊1法…きまり。　＊2帯かわ…かわでできた帯。ベルト。　＊3外とう…オーバーコート。

「ネクタイピン、カフスボタン[＊1]、めがね、さいふ、そのた、金物るい、ことにとがった物は、みんなここにおいてください」

と書いてありました。戸のすぐ横には、黒ぬりのりっぱな金庫も、ちゃんと口を開けて、おいてありました。かぎまでそえてあったのです。

「ははあ、なにかの料理に電気を使うとみえるね。金気の物はあぶない。ことにとがった物はあぶないと、こういうんだろう。」

「そうだろう。してみると、かんじょうは帰りにここではらうのだ

＊1カフスボタン…ワイシャツのそで口につける、かざりのボタン。＊2じょう…戸などに取りつけて、開けられないようにする金具。

ろうか。」

「どうもそうらしい。」

「そうだ。きっと。」

二人はめがねをはずしたり、
カフスボタンを取ったり、
みんな金庫の中に入れて、
パチンとじょう*2を
かけました。

少し行きますと、また戸があって、その前にガラスのつぼが一つありました。戸にはこう書いてありました。

「つぼの中のクリームを、顔や手足にすっかりぬってください」

見るとたしかに、つぼの中の物は牛乳のクリームでした。

「クリームをぬれというのは、どういうんだ。」

「これはね、外がひじょうに寒いだろう。部屋の中があんまりあたたかいと[*1]ひびが切れるから、その予防なんだ。どうもおくには、よほどえらい人が来ている。こんなところで、あんがいぼくらは、[*2]貴族と近づきになるかもしれないよ。」

二人はつぼのクリームを、顔にぬって手にぬって、それからくつ下をぬいで足にぬりました。それでもまだのこっていましたから、

それは、二人ともめいめい、こっそり顔へぬるふりをしながら食べました。

それから大急ぎで戸を開けますと、そのうら側には、

「クリームをよくぬりましたか、耳にもよくぬりましたか」

と書いてあって、小さなクリームのつぼが、ここにもおいてありました。

「そうそう、ぼくは耳にはぬらなかった。あぶなく耳にひびを切らすとこだった。ここの主人は、じつに*3用意しゅうとうだね。」

「ああ、細かいとこまでよく気がつくよ。ところで、ぼくは早くなにか食べたいんだが、どうも、こう、どこまでもろうかじゃ、しかたないね。」

＊1ひびが切れる…寒さなどのため、手足などのひふがかわいて細かく切れる。　＊2貴族…身分や家がらが高く、とくべつな資格や権利をあたえられている階級の人。　＊3用意しゅうとう…用意が十分にできていること。

すると、すぐその前に、つぎの戸がありました。
「料理は、もうすぐできます。
十五分とお待たせはいたしません。
すぐ食べられます。
早くあなたの頭にびんの中の香水をよくふりかけてください」
そして、戸の前には、金ピカの香水のびんがおいてありました。
二人はその香水を、頭へぱちゃぱちゃふりかけました。
ところが、その香水は、どうも、すのようなにおいがするのでした。
「この香水は、へんにすくさい。どうしたんだろう。」
「まちがえたんだ。*下女がかぜでもひいてまちがえて入れたんだ。」
二人は戸を開けて中に入りました。

戸のうら側には、大きな字で、こう書いてありました。

「いろいろ注文が多くてうるさかったでしょう。お気のどくでした。もうこれだけです。どうか体中に、つぼの中の塩をたくさんよくもみこんでください」

なるほどりっぱな青い瀬戸の塩つぼはおいてありましたが、今度という今度は、二人ともぎょっとして、おたがいに、クリームをたくさんぬった顔を見合わせました。

「どうもおかしいぜ。」

「ぼくもおかしいと思う。」

「たくさんの注文というのは、向

*下女…細々した雑用をするためにやとわれている女の人。

こうが、こっちへ注文してるんだよ。」

「だからさ、西洋料理店というのは、ぼくの考えるところでは、西洋料理を、来た人に食べさせるのではなくて、来た人を西洋料理にして、食べてやるうちと、こういうことなんだ。これは、その、つ、つ、つ、つまり、ぼ、ぼ、ぼくらが……。」

がたがたがたがた、ふるえだしてもうものがいえませんでした。

「その、ぼ、ぼくらが、……うわあ。」

がたがたがたがたふるえだして、もうものがいえませんでした。

「にげ……。」

がたがたしながら、一人の紳士は後ろの戸をおそうとしましたが、どうです、戸はもう一分[*1]も動きませんでした。

おくのほうにはまだ一まい戸があって、大きなかぎあなが二つつき、銀色のホーク*2とナイフの形が切りだしてあって、

「いや、わざわざごくろうです。
たいへんけっこうにできました。
さあさあ、おなかにお入りください」

と書いてありました。おまけにかぎあなからは、きょろきょろ二つの青い目玉がこっちをのぞいています。

「うわあ」がたがたがたがた。

「うわあ」がたがたがたがた。

二人は、なきだしました。

すると戸の中では、こそこそこんなことをいっています。

*1一分…分は昔の長さの単位。一分は約三ミリメートル。ごく少ないこと。少し。*2ホーク…フォークのこと。

「だめだよ。もう気がついたよ。塩をもみこまないようだよ。」

「当たり前さ。親分の書きようがまずいんだ。あすこへ、いろいろ注文が多くてうるさかったでしょう、お気のどくでしたなんて、まぬけたことを書いたもんだ。」

「どっちでもいいよ。どうせぼくらには、ほねも分けてくれやしないんだ。」

「それはそうだ。けれども、もしここへあいつらが入ってこなかったら、それはぼくらのせきにんだぜ。」

「よぼうか、よぼう。おい、お客さん方、早くいらっしゃい。いらっしゃい。いらっしゃい。お皿もあらってありますし、菜っ葉も、もうよく塩でもんでおきました。あとはあなた方と、菜っ葉をうまく取りあわせて、真っ白なお皿にのせるだけです。早くいらっしゃい。」

「へい、いらっしゃい、いらっしゃい。それともサラド*はおきらいですか。そんなら、これから火をおこして、フライにしてあげましょうか。とにかく早くいらっしゃい。」

*サラド…サラダのこと。

二人はあんまり心をいためたために、顔がまるでくしゃくしゃの紙くずのようになり、おたがいにその顔を見合わせ、ぶるぶるふるえ、声もなく、なきました。

中では、ふっふっとわらって、またさけんでいます。

「いらっしゃい、いらっしゃい。そんなにないては、せっかくのクリームが流れるじゃありませんか。へい、ただいま。じき持ってまいります。さあ、早くいらっしゃい。」

「早くいらっしゃい。親方がもう*ナフキンをかけて、ナイフを持って、したなめずりして、お客さま方を待っていられます。」

二人は、ないてないてないてないてなきました。

そのとき、後ろからいきなり、

「わん、わん、ぐゎあ。」

という声がして、あの白くまのような犬が二ひき、戸をつきやぶって部屋の中にとびこんできました。

かぎあなの目玉はたちまちなくなり、犬どもは、ううとうなって、しばらく部屋の中をくるくる回っていましたが、また一声、

「わん。」

と高くほえて、いきなりつぎの戸にとびつきました。戸はがたりと開き、犬どもは、すいこまれるようにとんでいきました。

その戸の向こうの真っ暗やみの中で、

「にゃあお、くゎあ、ごろごろ。」

という声がして、それからがさがさ鳴りました。

＊ナフキン…ナプキンのこと。食事のとき、服がよごれるのをふせぐため、ひざやむねにかける白い布。

部屋はけむりのように消え、二人は寒さにぶるぶるふるえて、草の中に立っていました。

見ると、上着やくつやさいふやネクタイピンは、あっちのえだにぶらさがったり、こっちの根元にちらばったりしています。風がどうとふいてきて、草はざわざわ、木の葉はかさかさ、木はごとんごとんと鳴りました。

犬がふうと、うなって、もどってきました。

そして後ろからは、

「だんなあ、だんなあ、」

とさけぶ者があります。

二人は[*1]にわかに元気がついて、

「おおい、おおい、ここだぞ、早く来い。」

とさけびました。

[*2]みのぼうしをかぶった専門のりょう師が、草をざわざわ分けてやってきました。

そこで二人は、やっと安心しました。

そして、りょう師の持ってきただんごを食べ、とちゅうで十円だけ山鳥を買って東京に帰りました。

しかし、さっき一ぺん紙くずのようになった二人の顔だけは、東京に帰っても、お湯に入っても、もう、もとのとおりになおりませんでした。

（「注文の多い料理店」おわり）

＊1にわかに…急に。　＊2みのぼうし…わらなどであんで作られた防寒雨具。頭から背中部分をおおうことができる。

セロひきのゴーシュ

宮沢賢治（みやざわけんじ）・作（さく）

ゴーシュは、町の[*1]活動写真館で[*2]セロをひく係でした。けれども、あんまり上手でないというひょうばんでした。上手でないどころではなく、じつは仲間の[*3]楽手の中ではいちばん下手でしたから、いつでも[*4]楽長にいじめられるのでした。

昼すぎ、みんなは楽屋にまるくならんで、今度の町の音楽会へ出す[*5]『第六交響曲』の練習をしていました。

トランペットは、一生けん命うたっています。

ヴァイオリンも[*6]二いろ、風のように鳴っています。

クラリネットもボーボーと、それに手つだっています。

ゴーシュも口をりんとむすんで、目を皿のようにして楽譜を見つめながら、もう一心にひいています。

＊１活動写真館…映画館の昔のよび名。＊２セロ…チェロのこと。弦楽器の一つ。＊３楽手…楽器をえんそうする人。＊４楽長…楽団の指導者。＊５第六交響曲…ベートーベン作曲の交響曲第六番の作品「田園」。＊６二いろ…二つの種類。二通り。

にわかに、ぱたっと楽長が両手を鳴らしました。みんなぴたりと曲をやめて、しんとしました。楽長がどなりました。

「セロがおくれた。トォテテ　テテテイ、ここからやりなおし。はいっ。」

みんなは今のところの、少し前のところからやりなおしました。ゴーシュは顔を真っ赤にして、ひたいにあせを出しながら、やっと今いわれたところを通りました。ほっと安心しながら、つづけてひいていますと、楽長がまた、手をぱっと打ちました。

「セロっ。糸が合わない。こまるなあ。ぼくはきみに、ドレミファを教えてまでいるひまは、ないんだがなあ。」

みんなは気のどくそうにして、わざと自分の譜[*1]をのぞきこんだり、

自分の楽器をはじいてみたりしています。ゴーシュはあわてて糸を直しました。これはじつはゴーシュも悪いのですが、セロもずいぶん悪いのでした。

「今の前の小節から。はいっ。」

みんなはまた始めました。ゴーシュも口を曲げて一生けん命です。そして、今度はかなり進みました。いいあんばい[*2]だと思っていると、楽長がおどすようなかたちをして、またぱたっと手を打ちました。またかとゴーシュはどきっとしましたが、ありがたいことには、今度はべつの人でした。ゴーシュはそこで、さっき自分のときみんながしたように、わざと自分の譜へ目を近づけて、なにか考えるふりをしていました。

*1譜…楽譜。　*2あんばい…物事の具合やようす、調子。

「ではすぐ今のつぎ。はいっ。」

そらと思ってひきだしたかと思うと、いきなり楽長が足をどんとふんで、どなりだしました。

「だめだ。まるでなっていない。このへんは曲の心臓なんだ。それがこんながさがさしたことで。しょくん。演奏までもうあと十日しかないんだよ。音楽を専門にやっているぼくらが、あの*1金ぐつ鍛冶だの、さとう屋の*2でっちなんかの、より集まりに、負けてしまったら、いったいわれわれの*3面目はどうなるんだ。おい、ゴーシュくん。きみにはこまるんだがなあ。表情ということが、まるでできてない。おこるもよろこぶも、感情というものが、さっぱり出ないんだ。それにどうしてもぴたっと、ほかの楽器と*4合わな

＊1金ぐつ鍛冶…馬のひづめにつける金具を作る仕事。ここではその仕事をする人。＊2でっち…商店や職人の家に住みこみではたらく少年。＊3面目…高いひょうばん。＊4合わないもなあ…合わないものなあ。

いもなあ。いつでもきみだけ、とけたくつのひもを引きずって、みんなのあとをついて歩くようなんだ。こまるよ、しっかりしてくれないとねえ。光輝*5ある、わが金星音楽団が、きみ一人のために悪評*6をとるようなことでは、みんなへも、まったく気のどくだからな。で

*5 光輝…めいよ。　*6 悪評…悪いひょうばん。

は、今日は、練習はここまで。休んで六時にはかっきり[*1]、ボックス[*2]へ入ってくれたまえ。」

みんなはおじぎをして、それからタバコをくわえてマッチをすったり、どこかへ出ていったりしました。ゴーシュは、そのそまつな箱みたいなセロをかかえて、かべのほうへ向いて口を曲げて、ぼろぼろなみだをこぼしましたが、気を取りなおして自分だけたった一人、今やったところを、はじめからしずかに、も一度ひきはじめました。

その晩おそくゴーシュは、なにか大きな黒い物をしょって、自分の家へ帰ってきました。家といっても、それは町はずれの川ばたにあるこわれた水車小屋で、ゴーシュはそこにたった一人で住んでい

て、午前は小屋のまわりの小さな畑で、トマトのえだを切ったり、*3キャベジの虫をひろったりして、昼すぎになるといつも出ていっていたのです。ゴーシュがうちへ入って、明かりをつけると、さっきの黒いつつみを開けました。それはなんでもない、あの夕方の、ごつごつしたセロでした。ゴーシュはそれをゆかの上にそっとおくと、いきなりたなからコップを取って、バケツの水をごくごく飲みました。

それから頭を一つふっていすへかけると、まるでとらみたいないきおいで、昼の譜をひきはじめました。譜をめくりながらひいては考え、考えてはひき、一生けん命しまいまでいくと、またはじめからなんべんもなんべんも、ごうごうごうごうごう、ひきつづけました。

夜中も*4とうにすぎて、しまいはもう、自分がひいているのかもわ

*1かっきり…ちょうど。きっかり。　*2ボックス…劇場で舞台と観客席との間にある、オーケストラが演奏するためにつくられた席。　*3キャベジ…キャベツのこと。　*4とうに…とっくに。

からないようになって、顔も真っ赤になり、目もまるで血走って、とてもものすごい顔つきになり、今にもたおれるかと思うように見えました。

そのとき、だれか後ろの戸を、とんとんとたたくものがありました。

「ホーシュくんか。」

ゴーシュは、ねぼけたようにさけびました。ところが、すうと戸をおして入ってきたのは、今まで五、六ぺん見たことのある大きな三毛ねこでした。

ゴーシュの畑からとった、半分じゅくしたトマトを、さも重そう

に持ってきて、ゴーシュの前に下ろしていいました。

「ああ、くたびれた。なかなか運[*1]ぱんはひどいやな。」

「なんだと。」

ゴーシュがききました。

「これおみや[*2]です。食べてください。」

三毛ねこがいいました。

ゴーシュは昼からのむしゃくしゃを、一ぺんにどなりつけました。

「だれがきさまに、トマトなど持ってこいといった。第一、おれがきさまらの持ってきた物など食うか。それからそのトマトだって、おれの畑のやつだ。なんだ。赤くもならないやつをむしって。今までもトマトのくきをかじったり、けちらしたりしたのは、おま

＊1運ぱんはひどいやな…運ぶのはたいへんだ。　＊2おみや…おみやげのこと。

えだろう。行ってしまえ。ねこめ。」

すると、ねこはかたを丸くして、目をすぼめてはいましたが、口のあたりで、にやにやわらっていいました。

「先生、そうおいかりになっちゃ、お体にさわります。それより、[*1]シューマンの『トロメライ』をひいてごらんなさい。きいてあげますから。」

「なまいきなことをいうな。ねこのくせに。」

セロひきはしゃくにさわって、このねこのやつ、どうしてくれようと、しばらく考えました。

「いや、ごえんりょはありません。どうぞ。わたしはどうも、先生の音楽をきかないとねむられないんです。」

「なまいきだ。なまいきだ。なまいきだ。」

ゴーシュはすっかり真っ赤になって、昼間、楽長のしたように、足ぶみしてどなりましたが、にわかに気をかえていいました。

「ではひくよ。」

ゴーシュはなんと思ったか、戸に＊2かぎをかって、まどもみんなしめてしまい、それからセロを取りだして、明かりを消しました。すると、外から＊3二十日すぎの月の光が、部屋の中へ半分ほど入ってきました。

「なにをひけと。」

「『トロメライ』、ロマチックシューマン作曲。」

ねこは口をふいて、すましていいました。

＊1シューマンの『トロメライ』…シューマン（一八一〇〜一八五六年）は、ドイツの作曲家。多くのピアノ曲を作曲した。トロメライは、シューマンが作曲したピアノ曲の代表作トロイメライのこと。ゆったりとしたしずかな曲。＊2かぎをかって…かぎをかけて。＊3二十日すぎの月…半月くらいの月で、夜おそくにのぼる。

「そうか。『トロメライ』というのは、こういうのか。」

セロひきはなんと思ったか、まず＊1ハンケチを引きさいて、自分の耳のあなへぎっしりつめました。それからまるで、あらしのようないきおいで、『インドのとら狩り』という譜をひきはじめました。

するとねこは、しばらく首を曲げてきいていましたが、いきなりパチパチパチッと目をしたかと思うと、ぱっと戸のほうへとびのきました。そしていきなりどんと、戸へ体をぶっつけましたが、戸は開きませんでした。ねこは、さあこれはもう＊2一生一代の失敗をしたというふうにあわてだして、目やひたいからぱちぱち火花を出しました。すると今度は、口のひげからも鼻からも出ましたから、ねこはくすぐったがって、しばらくくしゃみをするような顔をして、そ

＊1ハンケチ…ハンカチのこと。＊2一生一代…一世一代。一生にただ一度だけしかないほどのこと。

れからまた、さあこうしてはいられないぞと、いうように、*1はせ歩きだしました。ゴーシュはすっかりおもしろくなって、ますますいきおいよくやりだしました。

「先生、もうたくさんです。たくさんですよ。*2後生ですからやめてください。これからもう先生の*3タクトなんか取りませんから。」

「だまれ。これからとらをつかまえるところだ。」

ねこは苦しがって、はねあがって回ったり、かべに体をくっつけたりしましたが、かべについたあとは、しばらく青く光るのでした。しまいはねこは、まるで風車のようにぐるぐるぐるぐるゴーシュを回りました。

ゴーシュも少し、ぐるぐるしてきましたので、「さあ、これでゆ

るしてやるぞ」といいながらようよう[*4]やめました。

すると、ねこもけろりとして、

「先生、今夜の演奏は、どうかしてますね」といいました。

セロひきはまたぐっとしゃくにさわりましたが、なにげないふうで[*5]まきタバコを一本出して口にくわえ、それからマッチを一本取って、

「どうだい。具合を悪くしないかい。したを出してごらん。」

ねこはばかにしたように、とがった長いしたをベロリと出しました。

「ははあ、少しあれたね。」

セロひきはいいながら、いきなりマッチをしたでシュッとすって、自分のタバコへつけました。さあねこはおどろいたのなんの、したを風車のようにふりまわしながら、入り口の戸へ行って、頭でどん

＊1はせ…急いで。＊2後生ですから…おねがいですから。＊3タクトを取る…指揮者が指揮ぼうをふって演奏の指揮をする。ここでは、取りしきる、指導する。＊4ようよう…ようやく。＊5まきタバコ…きざんだタバコの葉を紙でまいたもの。

とぶっつかってはよろよろとして、またもどってきて、どんとぶっつかってはよろよろまたもどってきて、またぶっつかってはよろよろにげ道をこさえようとしました。

ゴーシュはしばらくおもしろそうに見ていましたが、

「出してやるよ。もう来るなよ。ばか。」

セロひきは戸を開けて、ねこが風のように、*かやの中を走っていくのを見て、ちょっとわらいました。それから、やっとせいせいしたというようにぐっすりねむりました。

つぎの晩も、ゴーシュがまた黒いセロのつつみをかついで帰ってきました。そして水をごくごく飲むと、そっくり夕べのとおり、ぐんぐんセロをひきはじめました。十二時は間もなくすぎ、一時もすぎ二時もすぎても、ゴーシュはまだやめませんでした。それからもう何時だかもわからず、ひいているかもわからず、ごうごうやっていますと、だれか屋根うらをこつこつとたたくものがあります。

*かや…ススキ・スゲ・チガヤなどの植物のこと。

「ねこ、まだこりないのか。」

ゴーシュがさけびますと、いきなり天井のあなからぼろんと音がして、一ぴきのはい色の鳥がおりてきました。ゆかへとまったのを見ると、それはかっこう*でした。

「鳥まで来るなんて。なんの用だ。」

ゴーシュがいいました。

「音楽を教わりたいのです。」

かっこう鳥は、すましていいました。

ゴーシュはわらって、

「音楽だと。おまえの歌は、かっこう、かっこうというだけじゃあないか。」

すると、かっこうがたいへんまじめに、

「ええ、それなんです。けれども、むずかしいですからねえ。」

といいました。

「むずかしいもんか。おまえたちのは、たくさん鳴くのがひどいだけで、鳴きようはなんでもないじゃないか。」

「ところが、それがひどいんです。たとえば、かっこう、とこう鳴くのと、かっこう、とこう鳴くのとでは、聞いていても、よほどちがうでしょう。」

「ちがわないね。」

「では、あなたにはわからないんです。わたしらの仲間なら、かっこうと一万いえば、一万みんなちがうんです。」

＊かっこう…ハトほどの大きさの鳥。オスの鳴く「カッコウ」という鳴き声からその名がついた。海外から夏鳥として日本にわたってくる。

「勝手だよ。そんなにわかってるなら、なにもおれのところへ来なくてもいいではないか。」

「ところがわたしは、ドレミファを正確にやりたいんです。」

「ドレミファもくそもあるか。」

「ええ、外国へ行く前に、ぜひ一度いるんです。」

「外国もくそもあるか。」

「先生、どうかドレミファを教えてください。わたしはついて歌いますから。」

「うるさいなあ。そら、三べんだけひいてやるから、すんだらさっさと帰るんだぞ。」

ゴーシュはセロを取りあげて、ボロンボロンと糸を合わせて、ド

レミファソラシドとひきました。

するとかっこうは、あわてて羽(はね)をばたばたしました。

「ちがいます、ちがいます。そんなんでないんです。」

「うるさいなあ。ではおまえ、やってごらん。」

「こうですよ。」

かっこうは体(からだ)を前(まえ)に曲(ま)げて、しばらくかまえてから、「かっこう」と一(ひと)つ鳴(な)きました。

「なんだい。それがドレミファかい。おまえたちには、それではドレミファも、『第六交響曲』も同じなんだな。」

「それはちがいます。」

「どうちがうんだ。」

「むずかしいのは、これをたくさんつづけたのがあるんです。」

「つまりこうだろう。」

セロひきはまたセロを取って、かっこうかっこうかっこうかっこうかっこうと、つづけてひきました。

すると、かっこうはたいへんよろこんで、とちゅうから、かっこうかっこうかっこうかっこうと、ついてさけびました。それも、もう一生けん命、体を曲げて、いつまでもさけぶのです。

ゴーシュはとうとう手がいたくなって、

「こら、いいかげんにしないか。」

といいながらやめました。するとかっこうは、ざんねんそうに目をつりあげて、まだしばらく鳴いていましたが、やっと、「……かっこうかくうかっかっかっかっか」といってやめました。

ゴーシュがすっかりおこってしまって、

「こら、鳥、もう用がすんだら帰れ。」

といいました。

「どうか、もう一ぺんひいてください。あなたのはいいようだけれども少しちがうんです。」

「なんだと、おれがきさまに教わってるんではないんだぞ。帰らんか。」

「どうか、たったもう一ぺんおねがいです。どうか。」

かっこうは、頭を何べんもこんこん下げました。

「では、これっきりだよ。」

ゴーシュは弓をかまえました。かっこうは「くっ」と一つ息をして、

「では、なるべく長くおねがいいたします。」

といって、また一つおじぎをしました。

「いやになっちまうなあ。」

ゴーシュは、*にがわらいしながら、ひきはじめました。すると、かっこうはまた、まるで本気になって、「かっこうかっこうかっこう」と体を曲げて、じつに一生けん命さけびました。ゴーシュは、はじめはむしゃくしゃしていましたが、いつまでもつづけてひいて

＊にがわらい…ほんとうはおこりたいのに、しかたなく、わらうこと。

いるうちに、ふっとなんだかこれは鳥のほうが、ほんとうのドレミファに、はまっているかな、という気がしてきました。どうも、ひけばひくほど、かっこうのほうがいいような気がするのでした。

「えい、こんなばかなことしていたら、おれは鳥になってしまうんじゃないか。」

と、ゴーシュはいきなり、ぴたりとセロをやめました。

するとかっこうは、どしんと頭をたたかれたように、ふらふらっとして、それからまたさっきのように、「かっこうかっこうかっこうかっかっかっかっかっ」といってやめました。それから、うらめしそうにゴーシュを見て、

「なぜやめたんですか。ぼくらなら、どんな意気地ないやつでも、

のどから血が出るまでは、さけぶんですよ。」

といいました。

「なにをなまいきな。こんなばかなまねをいつまでしていられるか。もう出ていけ。見ろ。夜が明けるんじゃないか。」

ゴーシュは、まどを指さしました。

東の空がぼうっと銀色になって、そこを真っ黒な雲が北のほうへどんどん走っています。

「では、お日さまの出るまでどうぞ。もう一ぺん。ちょっとですから。」

かっこうは、また頭を下げました。

「だまれっ。いい気になって。このばか鳥め。出ていかんと、むしって朝めしに食ってしまうぞ。」

ゴーシュは、どんとゆかをふみました。

するとかっこうは、にわかにびっくりしたように、いきなりまどを目がけて、とびたちました。

そして、ガラスにはげしく頭をぶっつけて、ばたっと下へ落ちました。

「なんだ、ガラスへ、ばかだなあ。」

ゴーシュは、あわてて立ってまどを開けようとしましたが、

*1元来このまどは、そんなにいつでも、するする開くまではありませんでした。ゴーシュがまどのわくを、しきりにがたがたしているうちに、またかっこうが、ばっとぶっつかって、下へ落ちました。見ると、くちばしのつけ根から、少し血が出ています。

「今、開けてやるから待っていろったら。」

ゴーシュがやっと二*2寸ばかりまどを開けたとき、かっこうはおきあがって、なにがなんでも今度こそ、というようにじっとまどの向こうの東の空を見つめて、あらんかぎりの力をこめたふうで、ぱっととびたちました。もちろん、今度は前よりひどくガラスにつきあたって、かっこうは下へ落ちたまま、しばらく身動きもしませんでした。

つかまえてドアからとばしてやろうと、ゴーシュが手を出しまし

*1元来……もともと。 *2寸……昔の長さの単位。一寸は約三センチメートル。

たら、いきなりかっこうは目を開いて、とびのきました。そして、またガラスへとびつきそうにするのです。ゴーシュは、思わず足を上げて、まどをばっとけりました。ガラスは二、三まい、ものすごい音してくだけ、まどはわくのまま外へ落ちました。そのがらんとなったまどのあとを、かっこうが矢のように外へとびだしました。そしてもう、どこまでもどこまでもまっすぐにとんでいって、とうとう見えなくなってしまいました。

ゴーシュは、しばらくあきれたように外を見ていましたが、そのままたおれるように、部屋のすみへ転がってねむってしまいました。

つぎの晩もゴーシュは夜中すぎまでセロをひいて、つかれて水を一ぱい飲んでいますと、また、戸をこつこつとたたくものがあります。

今夜はなにが来ても、夕べのかっこうのように、はじめからおどかして追いはらってやろうと思って、コップを持ったまま待ちかまえておりますと、戸が少し開いて、一ぴきのたぬきの子が入ってきました。ゴーシュはそこで、その戸をもう少し広く開いておいて、どんと足をふんで、

「こら、たぬき、おまえはたぬきじるということを知っているかっ。」

と、どなりました。すると、たぬきの子はぼんやりした顔をして、きちんとゆかへすわったまま、どうもわからないというように、首

を曲げて考えていましたが、しばらくたって、

「たぬきじるって、ぼく知らない。」

といいました。ゴーシュはその顔を見て、思わずふきだそうとしましたが、まだむりにこわい顔をして、

「では教えてやろう。たぬきじるというのはな。おまえのようなたぬきをな、キャベジや塩とまぜてくたくたとにて、おれさまの食うようにした物だ。」

といいました。すると、たぬきの子はまたふしぎそうに、

「だってぼくのお父さんがね、ゴーシュさんはとてもいい人でこわくないから、行って習えといったよ。」

といいました。そこでゴーシュも、とうとうわらいだしてしまいま

した。

「なにを習(なら)えといったんだ。おれはいそがしいんじゃないか。それに、ねむいんだよ。」

たぬきの子は、にわかにいきおいがついたように、一足前へ出ました。

「ぼくは小だいこの係でねえ。セロへ合わせてもらってこいといわれたんだ。」

「どこにも小だいこが、ないじゃないか。」

「そら、これ。」

たぬきの子は、せなかからぼうきれを二本出しました。

「それでどうするんだ。」

「ではね、『ゆかいな馬車屋』をひいてください。」

「なんだ、『ゆかいな馬車屋』ってジャズ[*1]か。」

「ああ、この譜だよ。」

たぬきの子はせなかから、また、一まいの譜を取りだしました。

ゴーシュは手に取ってわらいだしました。

「ふう、へんな曲だなあ。よし、さあひくぞ。おまえは小だいこをたたくのか。」

ゴーシュは、たぬきの子がどうするのかと思って、ちらちらそっちを見ながら、ひきはじめました。

すると、たぬきの子はぼうを持って、セロのこま*2の下のところをひょうしを取って、ぽんぽんたたきはじめました。それがなかなかうまいので、ひいているうちにゴーシュは、これはおもしろいぞと思いました。

おしまいまでひいてしまうと、たぬきの子は、しばらく首を曲げて考えました。


*1ジャズ…アメリカ南部で発達した音楽。＊2こま…セロなど弦楽器の部品。胴体と弦との間にはさんで弦をささえ、そのしんどうを胴につたえるもの。

それから、やっと考えついたというようにいいました。

「ゴーシュさんはこの二番目の糸をひくときは、*きたいにおくれるねえ。なんだかぼくが、つまずくようになるよ。」

ゴーシュは、はっとしました。たしかにその糸は、どんなに手早くひいても、少したってからでないと音が出ないような気が、夕べからしていたのでした。

「いや、そうかもしれない。このセロは悪いんだよ。」

と、ゴーシュは悲しそうにいいました。するとたぬきは、気のどくそうにして、またしばらく考えていましたが、

「どこが悪いんだろうなあ。では、もう一ぺんひいてくれますか。」

「いいともひくよ」ゴーシュは始めました。たぬきの子は、さっき

*きたいに……ふしぎなことに。

のようにとんとんたたきながら、ときどき頭を曲げて、セロに耳をつけるようにしました。そして、おしまいまできたときは、今夜もまた、東がぼうと明るくなっていました。

「ああ、夜が明けたぞ。どうもありがとう。」

たぬきの子はたいへんあわてて、譜やぼうきれをせなかへしょって、ゴムテープでぱちんととめて、おじぎを二つ三つすると、急いで外へ出ていってしまいました。

ゴーシュはぼんやりして、しばらく夕べのこわれたガラスから入ってくる風をすっていましたが、町へ出ていくまでねむって元気を取りもどそうと、急いでねどこへもぐりこみました。

つぎの晩もゴーシュは夜通しセロをひいて、明け方近く思わずつかれて、楽器を持ったままうとうとしていますと、まただれか戸をこつこつとたたくものがあります。それもまるで、聞こえるか聞こえないかのくらいでしたが、毎晩のことなので、ゴーシュはすぐ聞きつけて「お入り」と、いいました。すると、戸のすき間から入ってきたのは、一ぴきの野ねずみでした。そして、たいへん小さな子どもをつれて、ちょろちょろとゴーシュの前へ歩いてきました。そのまた野ねずみの子どもときたら、まるで、消しごむのくらいしかないので、ゴーシュは、思わずわらいました。すると野ねずみは、なにをわらわれたろうというように、きょろきょろしながら、ゴーシュの前に来て、青いくりの実を、一つぶ前において、ちゃんとお

*消しごむのくらい…消しごむくらいの大きさ。

じぎをしていいました。

「先生、この子があんばいが悪くて死にそうでございますが、先生お*慈悲になおしてやってくださいまし。」

「おれが医者などやれるもんか。」

ゴーシュは、少しむっとしていいました。

　すると、野ねずみのお母さんは下を向いて、しばらくだまっていましたが、また思いきったようにいいました。

「先生、それはうそでございます。先生は、毎日あんなに上手にみ

んなの病気を、なおしておいでになるではありませんか。」

「なんのことだかわからんね。」

「だって先生、先生のおかげで、うさぎさんのおばあさんもなおりましたし、たぬきさんのお父さんもなおりましたし、あんな意地悪のみみずくまで、なおしていただいたのに、この子ばかり、お助けをいただけないとは、あんまりなさけないことでございます。」

「おいおい、それはなにかのまちがいだよ。おれはみみずくの病気なんど、なおしてやったことはないからな。もっともたぬきの子は、夕べ来て楽隊のまねをしていったがね。ははん。」

ゴーシュはあきれて、その子ねずみを見下ろしてわらいました。

すると野ねずみのお母さんは、なきだしてしまいました。

＊慈悲…あわれみ、苦しみを取りのぞくこと。

「ああ、この子はどうせ病気になるなら、もっと早くなればよかった。さっきまで、あれくらいごうごうと鳴らしておいでになったのに、病気になるといっしょにぴたっと音が止まって、もうあとはいくらおねがいしても、鳴らしてくださらないなんて。なんて不幸せな子どもだろう。」

ゴーシュは、びっくりしてさけびました。

「なんだと、ぼくがセロをひけば、みみずくやうさぎの病気がなおると。どういうわけだ、それは。」

野ねずみは、目をかた手でこすりこすりいいました。

「はい、ここらのものは病気になると、みんな先生のおうちのゆか下に入って、なおすのでございます。」

「すると、なおるのか。」

「はい。体中とても血のまわりがよくなって、たいへんいい気持ちで、すぐになおる方もあれば、うちへ帰ってからなおる方もあります。」

「ああそうか。おれのセロの音がごうごうひびくと、それがあんま*の代わりになって、おまえたちの病気がなおるというのか。よし。わかったよ。やってやろう。」

ゴーシュはちょっとギウギウと糸を合わせて、それからいきなり野ねずみの子どもをつまんで、セロのあなから中へ入れてしまいました。

「わたしもいっしょについていきます。どこの病院でもそうですから。」

おっかさんの野ねずみは、きちがいのようになってセロにとびつ

*あんま…体をもんだりさすったりして、こりやいたみをなおすこと。マッサージ。

きました。

「おまえさんも入るかね。」

セロひきはおっかさんの野ねずみを、セロのあなからくぐして[*1]やろうとしましたが、顔が半分しか入りませんでした。

野ねずみは、ばたばたしながら、中の子どもにさけびました。

「おまえ、そこはいいかい。落ちるときいつも教えるように、足をそろえてうまく落ちたかい。」

「いい。うまく落ちた。」

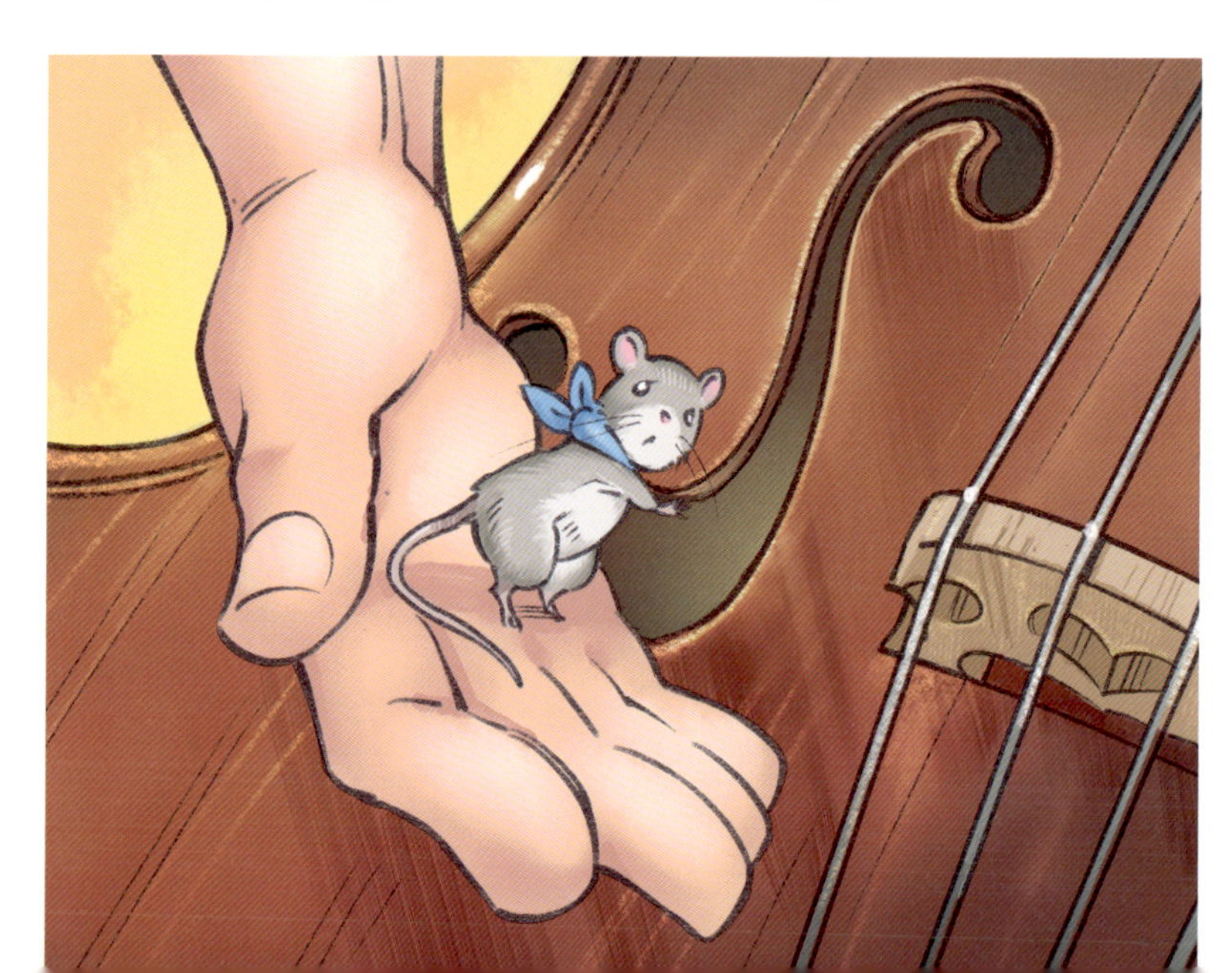

子どものねずみは、まるでかのような小さな声で、セロの底で返事しました。

「だいじょうぶさ。だから、なき声出すなというんだ。」

ゴーシュは、おっかさんのねずみを下におろして、それから弓を取って、なんとか*2ラプソディとかいうものを、ごうごうがあがあひきました。すると、おっかさんのねずみは、いかにも心配そうにその音の具合を聞いていましたが、とうとうこらえきれなくなったふうで、

「もうたくさんです。どうか出してやってください。」

と、いいました。

「なあんだ、これでいいのか。」

*1くぐして……くぐらせて。　*2ラプソディ……自由でファンタジックな楽曲のこと。

ゴーシュはセロを曲げて、あなのところに手を当てて待っていましたら、間もなく子どものねずみが出てきました。ゴーシュは、だまってそれをおろしてやりました。見ると、すっかり目をつぶってぶるぶるぶるぶる、ふるえていました。

「どうだったの。いいかい。気分は。」

子どものねずみは少しも返事もしないで、まだしばらく目をつぶったまま、ぶるぶるぶるぶるふるえていましたが、にわかに起きあがって走りだした。

「ああ、よくなったんだ。ありがとうございます。ありがとうございます。」

おっかさんのねずみも、いっしょに走っていましたが、間もなく

ゴーシュの前に来て、しきりにおじぎをしながら、

「ありがとうございます、ありがとうございます。」

と、十ばかりいいました。

ゴーシュは、なんだかかあいそう[*1]になって、

「おい、おまえたちはパンは食べるのか。」

と、ききました。

すると野ねずみはびっくりしたように、きょろきょろあたりを見まわしてから、

「いえ、もうおパンというものは、小麦のこなを、こねたりむしたりしてこしらえたもので、ふくふくふくらんでいて、おいしいも[*2]のなそうでございますが、そうでなくてもわたくしどもは、おう

*1かあいそう…かわいそう。　*2おいしいものなそう…おいしいものだそう。

ちの戸だなへなど、まいったこともございませんし、ましてこれくらいお世話になりながら、どうしてそれを運びになんどまいれましょう。」

と、いいました。

「いや、そのことではないんだ。ただ食べるのかときいたんだ。では食べるんだな。ちょっと待てよ。そのはらの悪い子どもへやるからな。」

ゴーシュはセロをゆかへおいて、戸だなから、パンを一つまみ、むしって野ねずみの前へおきました。

野ねずみはもうまるで、ばかのようになってないたりわらったり、おじぎをしたりしてから、大事そうにそれをくわえて、子どもを先

に立てて、外へ出ていきました。

「あああ。ねずみと話するのも、なかなかつかれるぞ。」

ゴーシュは、ねどこへどっかりたおれて、すぐ、ぐうぐうねむってしまいました。

それから六日目の晩でした。金星音楽団の人たちは、町の公会堂のホールのうらにあるひかえ室へ、みんなぱっと顔をほてらして、めいめい楽器を持って、ぞろぞろホールの舞台から引きあげてきました。*首尾よく『第六交響曲』を仕上げたのです。ホールでは、はくしゅの音が、まだあらしのように鳴っております。楽長は、ポケットへ手をつっこんで、はくしゅなんかどうでもいいというように、のそのそみんなの間を歩きまわっていましたが、じつはどうして、うれしさでいっぱいなのでした。みんなはタバコをくわえて、マッチをすったり楽器をケースへ入れたりしました。

ホールではまだ、ぱちぱち手が鳴っています。それどころではなく、いよいよそれが高くなって、なんだかこわいような、手がつけ

られないような音になりました。大きな白いリボンをむねにつけた司会者が入ってきました。

「アンコールをやっていますが、なにか短いものでもきかせてやってくださいませんか。」

すると楽長が、きっとなって答えました。

「いけませんな。こういう大物のあとへ、なにを出したってこっちの気のすむようには、いくもんでないんです。」

「では楽長さん、出てちょっとあいさつしてください。」

「だめだ。おい、ゴーシュくん、なにか出て、ひいてやってくれ。」

「わたしがですか。」

ゴーシュは、あっけにとられました。

＊首尾よく……うまい具合に。

「きみだ、きみだ。」

バイオリンの一番の人が、いきなり顔を上げていいました。

「さあ、出ていきたまえ。」

楽長がいいました。みんなもセロを、むりにゴーシュに持たせて戸を開けると、いきなり舞台へゴーシュをおしだしてしまいました。ゴーシュがそのあなの開いたセロを持って、じつにこまってしまって舞台へ出ると、みんなはそら見ろというように、一そうひどく手をたたきました。わあとさけんだ者もあるようでした。

「どこまで人をばかにするんだ。よし見ていろ。『インドのとら狩り』

をひいてやるから。」
ゴーシュはすっかり落ちついて、舞台の真ん中へ出ました。
それから、あのねこの来たときのように、まるでおこったぞうのようないきおいで、とら狩りをひきました。ところが聴衆は、しいんとなって、一生けん命きいています。ゴーシュは、どんどんひきました。ねこがせつながってぱちぱち火花を出したところもすぎました。戸へ、体を何べんもぶっつけたところもすぎました。

曲が終わると、ゴーシュは、もうみんなのほうなどは見もせず、ちょうどそのねこのように、すばやくセロを持って楽屋へにげこみました。すると楽屋では、楽長はじめ仲間がみんな火事にでもあったあとのように、目をじっとして、ひっそりとすわりこんでいます。ゴーシュは、*やぶれかぶれだと思って、みんなの間をさっさと歩いていって、向こうの長いすへどっかりと体を下ろして、足を組んですわりました。

するとみんなが、一ぺんに顔をこっちへ向けて、ゴーシュを見ましたが、やはりまじめで、べつにわらっているようでもありません

でした。

「今夜は、へんな晩だなあ。」

ゴーシュは思いました。ところが楽長は立っていいました。

「ゴーシュくん、よかったぞお。あんな曲だけれども、ここではみんなかなり本気になってきいてたぞ。一週間か十日の間にずいぶん仕上げたなあ。十日前とくらべたら、まるで赤んぼうと兵隊だ。やろうと思えばいつでもやれたんじゃないか、きみ。」

仲間もみんな立ってきて、「よかったぜ」と、ゴーシュにいいました。

「いや、体がじょうぶだから、こんなこともできるよ。ふつうの人なら死んでしまうからな。」


*やぶれかぶれ…どうにでもなれという気持ち。

楽長が、向こうでいっていました。

その晩おそく、ゴーシュは自分のうちへ帰ってきました。

そしてまた、水をがぶがぶ飲みました。それからまどを開けて、いつか、かっこうのとんでいったと思った、遠くの空を、ながめながら、

「ああ、かっこう。あのときは、すまなかったなあ。おれは、おこったんじゃなかったんだ。」

といいました。

（「セロひきのゴーシュ」おわり）

月夜とめがね

小川未明・作

町も、野も、いたるところ、緑の葉につつまれているころでありました。

おだやかな、月のいい晩のことであります。しずかな町のはずれに、おばあさんは住んでいましたが、おばあさんは、ただ一人、まどの下にすわって、針仕事をしていました。

ランプの火が、あたりを平和にてらしていました。おばあさんは、もういい年でありましたから、目がかすんで、針のみぞ[＊1]によく糸が通らないので、ランプの火に、いくたびも、すかしてながめたり、また、しわのよった指先で、細い糸をよったり[＊2]していました。

月の光は、うす青く、この世界をてらしていました。なまあたたかな水の中に、木立も家も丘も、みんなひたされたようであります。

おばあさんは、こうして仕事をしながら、自分のわかい時分[*3]のことや、また、遠方の親せきのことや、はなれてくらしている、まごむすめのことなどを、空想していたのであります。

目ざまし時計の音が、カタ、コト、カタ、コトとたなの上できざんでいる音がするばかりで、あたりはしんとしずまっていました。ときどき町の人通りのたくさんな、にぎやかなちまた[*4]のほうから、なにか物売りの声や、また、汽車の行く音のような、かすかなとどろきが、聞こえてくるばかりであります。

おばあさんは、今、自分はどこにどうしているのすら、思いだせないように、ぼんやりとして、ゆめを見るような、おだやかな気持ちですわっていました。

＊1みぞ…ここでは、針のあな。 ＊2よる…ねじって合わせる。 ＊3時分…おおよその時期、ころ。 ＊4ちまた…町中。

このとき、外の戸をコト、コトとたたく音がしました。おばあさんは、だいぶ遠くなった耳を、その音のするほうにかたむけました。今時分、だれもたずねてくるはずがないからです。きっとこれは、風の音だろうと思いました。風は、こうして、あてなく野原や、町を通るのであります。

すると、今度、すぐまどの下に、小さな足音がしました。おばあさんは、いつもににず*、それを聞きつけました。

「おばあさん、おばあさん」と、だれかよぶのであります。

おばあさんは、さいしょは、自分の耳のせいでないかと思いました。そして、手を動かすのをやめていました。

「おばあさん、まどを開けてください」と、また、だれかいいました。

＊いつもににず…いつもとちがって。

おばあさんは、だれが、そういうのだろうと思って、立って、まどの戸を開けました。外は、青白い月の光が、あたりを昼間のように、明るくてらしているのであります。まどの下には、背のあまり高くない男が立って、上を向いていました。男は、黒いめがねをかけて、ひげがありました。

「わたしは、おまえさんを知らないが、だれですか？」

と、おばあさんはいいました。

おばあさんは、見知らない男の顔を見て、この人はどこかうちをまちがえてたずねてきたのではないか、と思いました。

「わたしは、めがね売りです。いろいろなめがねをたくさん持っています。この町へは、はじめてですが、じつに気持ちのいいきれいな町です。今夜は月がいいから、こうして売って歩くのです。」

と、その男はいいました。

おばあさんは目がかすんで、よく針のみぞに、糸が通らないでこまっていた[*1]やさきでありましたから、

「わたしの目に合うような、よく見えるめがねはありますかい。」

と、おばあさんはたずねました。

男は、手にぶらさげていた箱のふたを開きました。そして、その中から、おばあさんに向くようなめがねをよって＊2いましたが、やがて、一つのべっこう＊3ぶちの大きなめがねを取りだして、これを、まどから顔を出したおばあさんの手にわたしました。

「これなら、なんでもよく見えることがうけあい＊4です。」

と、男はいいました。

まどの下の男が立っている足元の地面には、白や、あかや、青や、いろいろの草花が、月の光を受けて黒ずんでさいて、かおっていました。

おばあさんは、このめがねをかけてみました。そして、あちらの

＊1やさき…ちょうどそのとき。　＊2よる…多くの物の中からえらぶ。　＊3べっこう…海ガメの一種タイマイのこうらを使って作ったもの。　＊4うけあう…たしかだと、せきにんを持ってやくそくする。

目ざまし時計の数字や、[*1]こよみの字などを読んでみましたが、一字、一字が、はっきりとわかるのでした。それは、ちょうどいく十年前の、むすめの時分には、おそらく、こんなになんでも、はっきりと目にうつったのであろうと、おばあさんに思われたほどです。

おばあさんは、大よろこびでありました。
「あ、これをおくれ。」
といって、さっそくおばあさんは、このめがねを買いました。おばあさんが、*2銭をわたすと、黒いめがねをかけた、ひげのあるめがね売りの男は、立ちさってしまいました。男のすがたが見えなくなったあとには、草花だけが、やはりもとのように、夜の空気の中に、かおっていました。

おばあさんは、まどをしめて、また、もとのところにすわりました。今度は楽々と、針のみぞに糸を通すことができました。おばあさんは、めがねをかけたり、はずしたりしました。ちょうど子どものようにめずらしくて、いろいろにしてみたかったのと、もう一つ

*1こよみ…カレンダー。 *2銭…お金。とくに、金属でつくったお金。

は、ふだんかけつけ[*1]ないのに、急にめがねをかけて、ようすがかわったからでありました。

おばあさんは、かけていためがねを、またはずしました。それをたなの上の目ざまし時計のそばにのせて、もう時こくもだいぶおそいから休もうと、仕事をかたづけにかかりました。

このとき、また外の戸をトントンとたたく者がありました。

おばあさんは、耳をかたむけました。

「なんというふしぎな晩だろう。また、だれか来たようだ。もう、こんなにおそいのに……。」

と、おばあさんはいって、時計を見ますと、外は月の光に明るいけれど、時こくは、もうだいぶふけ[*2]ていました。

おばあさんは立ちあがって、入り口のほうに行きました。小さな手でたたくとみえて、トン、トンというかわいらしい音がしていたのであります。

「こんなにおそくなってから……。」

と、おばあさんは口のうちでいいながら戸を開けてみました。すると、そこには、十二、三の美しい女の子が、目をうるませて立っていました。

「どこの子か知らないが、どうして、こんなにおそくたずねてきました？」

と、おばあさんは、いぶかしがりながら問いました。*3

「わたしは、町の香水製造場にやとわれています。毎日、毎日、白

*1かけつけない…かけなれない。 *2ふける…夜が深まる。夜中に近くなる。 *3いぶかしがる…どこかふしぎに思う。あやしい。うたがわしい。

ばらの花からとった香水をびんにつめています。そして、夜、おそくうちに帰ります。今夜もはたらいて、ひとりぶらぶら月がいいので歩いてきますと、石につまずいて、指をこんなにきずつけてしまいました。わたしは、いたくて、いたくてがまんができな

いのです。血が出て止まりません。もう、どのうちもみんなねむってしまいました。このうちの前を通ると、まだおばあさんが起きておいでなさいます。わたしは、おばあさんがご親切なやさしい、いい方だということを知っています。それでつい、戸をたたく気になったのであります。」

と、髪の毛の長い、美しい少女はいいました。

おばあさんは、いい香水のにおいが、少女の体にしみているとみえて、こうして話している間に、ぷんぷんと鼻にくるのを感じました。

「そんなら、お前は、わたしを知っているのですか。」

と、おばあさんはたずねました。

「わたしは、このうちの前をこれまでたびたび通って、おばあさんが、まどの下で針仕事をなさっているのを見て、知っています。」

と、少女は答えました。

「まあ、それはいい子だ。どれ、そのけがをした指をわたしにお見せなさい。なにか薬をつけてあげよう。」

と、おばあさんはいいました。そして、少女をランプの近くまでつれてきました。少女は、かわいらしい指を出して見せました。すると、真っ白な指から赤い血が流れていました。

「あ、かわいそうに、石ですりむいて切ったのだろう。」

と、おばあさんは、口のうちでいいましたが、目がかすんで、どこから血が出るのか、よくわかりませんでした。

「さっきのめがねは、どこへいった。」

と、おばあさんは、たなの上をさがしました。めがねは、目ざまし時計のそばにあったので、さっそく、それをかけて、よく少女のきず口を見てやろうと思いました。

おばあさんは、めがねをかけて、この美しい、たびたび自分のうちの前を通ったという、むすめの顔をよく見ようとしました。すると、おばあさんはたまげてしまいました。それは、むすめではなくて、きれいなきれいな一つのこちょう*でありました。おばあさんは、こんなおだやかな月夜の晩には、よくこちょうが人間に化けて、夜おそくまで起きているうちを、たずねることがあるものだ、という話を思いだしました。そのこちょうは、あしをいためていたのです。

＊こちょう…ちょうのこと。

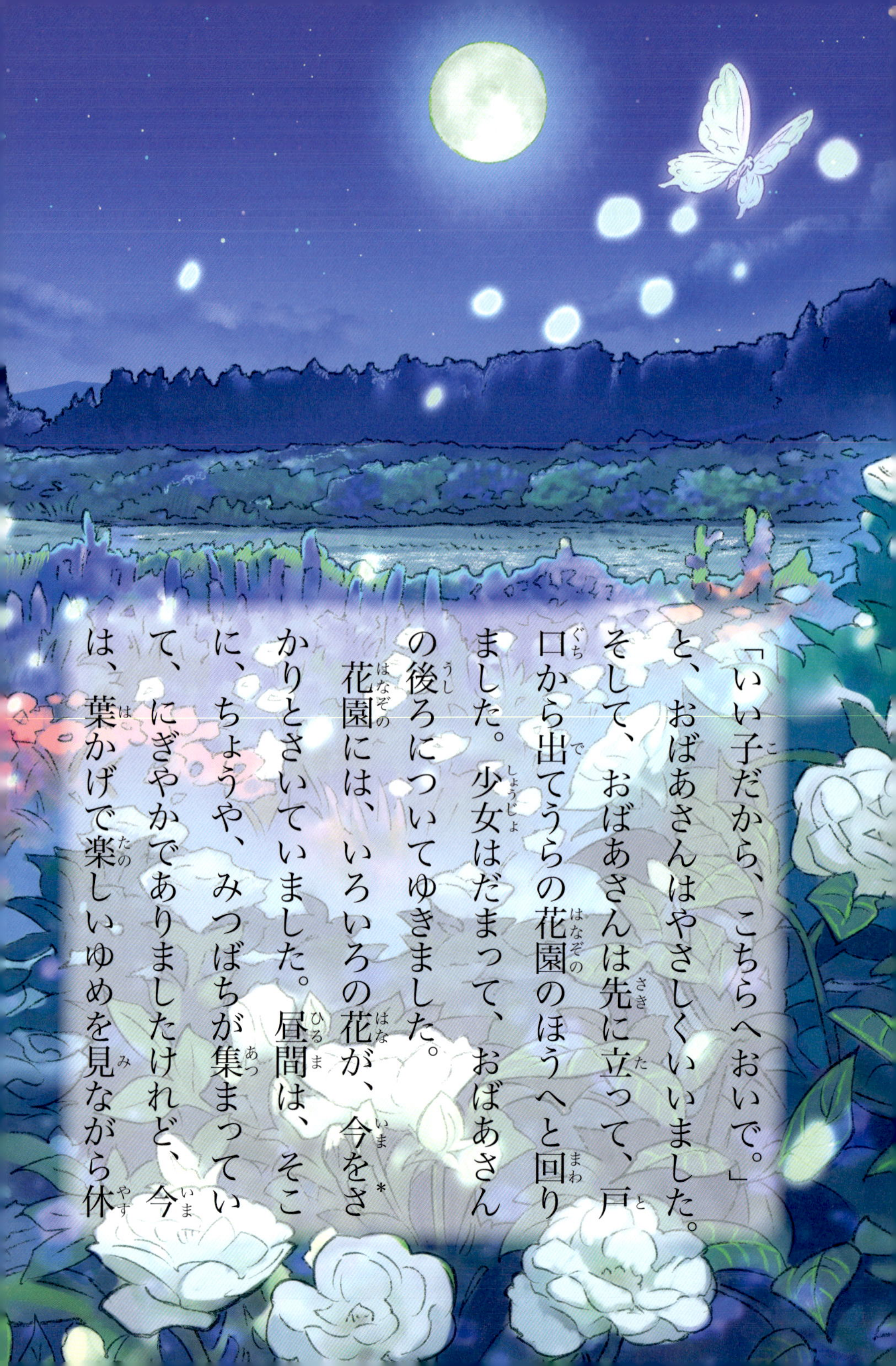

「いい子だから、こちらへおいで。」
と、おばあさんはやさしくいいました。
そして、おばあさんは先に立って、戸口から出てうらの花園のほうへと回りました。少女はだまって、おばあさんの後ろについてゆきました。
花園には、いろいろの花が、今をざかりとさいていました。昼間は、そこに、ちょうや、みつばちが集まっていて、にぎやかでありましたけれど、今は、葉かげで楽しいゆめを見ながら休

んでいるとみえて、まったくしずかでした。ただ水のように、月の青白い光が、流れていました。あちらのかきねには、白い野ばらの花が、こんもりとかたまって、雪のようにさいています。

「むすめは、どこへ行った？」

と、おばあさんは、ふいに立ちどまってふりむきました。あとからついてきた少女は、いつの間にか、どこへすがたを消したものか、足音もなく見えなくなってしまいました。

＊さかり…いきおいがいちばん強いとき。

「みんなお休(やす)み、どれ、わたしもねよう。」

と、おばあさんはいって、家(いえ)のうちへ、入(はい)ってゆきました。

ほんとうに、いい月夜(つきよ)でした。


（「月夜(つきよ)とめがね」おわり）

野(の)ばら

小川未明(おがわみめい)・作(さく)

大きな国と、それよりは少し小さな国と、となりあっていました。当座、その二つの国の間には、なにごとも起こらず平和でありました。

ここは都から遠い、国境であります。そこには両方の国から、ただ一人ずつの兵隊がはけんされて、国境を定めた石碑を守っていました。大きな国の兵士は老人でありました。そうして、小さな国の兵士は青年でありました。

二人は、石碑の立っている右と左に番をしていました。いたってさびしい山の中でありました。そうして、まれにしかそのへんを旅する人かげは見られなかったのです。

はじめ、たがいに顔を知りあわない間は、二人はてきか味方かというような感じがして、ろくろくものもいいませんでしたけれど、

いつしか二人はなかよしになってしまいました。二人は、ほかに話をする相手もなく、たいくつであったからであります。そうして、春の日は長く、うららかに、頭の上に、てりかがやいているからでありました。

ちょうど、国境のところには、だれが植えたということもなく、一かぶの野ばらが、しげっていました。その花には、朝早くからみつばちがとんできて、集まっていました。そ

＊1当座…しばらくの間。一時。＊2国境…国と国との境。
＊3石碑…石に記念の文字や文をほって立てた物。

のこころよい羽音が、まだ二人のねむっているうちから、ゆめ心地に耳に聞こえました。

「どれ、もう起きようか。あんなにみつばちが来ている。」

と、二人はもうしあわせたように起きました。そうして外へ出ると、はたして、太陽は木のこずえの上に、元気よくかがやいていました。

二人は、岩間からわきでる清水で口をすすぎ、顔をあらいにまいりますと、顔を合わせました。

「やあ、おはよう。いい天気でございます。」

「ほんとうにいい天気です。天気がいいと、気持ちまでがせいせいします。」

二人は、そこでこんな立ち話をしました。そうして、頭を上げて、

あたりのけしきをながめました。毎日見ているけしきでも、新しい感じを見るたびに心にあたえるものです。

青年は、さいしょ将棋の＊1歩き方を知りませんでした。けれど、老人について、それを教わりましてから、このごろはのどかな昼ごろには、二人は毎日向かいあって将棋をさしていました。

はじめのうちは、老人のほうがずっと強くて、＊2駒を落としてさしていましたが、しまいには当たり前にさして、老人が負かされることもありました。

この青年も老人も、いたってよい人びとでありました。二人とも正直で、親切でありました。二人は一生けん命で、将棋ばんの上であらそっても、心は打ちとけていました。

＊1歩き方…ここでは、駒の進め方。＊2駒を落とす…将棋、チェスなどで、対戦する二人の力に差がある場合、上位者がその差におうじていくつか駒をはずしてさすこと。

「やあ、これはおれの負けかいな。こうにげつづけでは苦しくてかなわない。ほんとうの戦争だったら、どんなだか知れん。」

と、老人はいって、大きな口を開けてわらいました。

青年は、また[*1]勝ち味があるのでうれしそうな顔つきをして、一生けん命に目をかがやかしながら、相手の王さまを追っていました。

小鳥はこずえの上で、おもしろそうにさえずっていました。白いばらの花からは、いいにおいを送ってきました。

冬は、やはりその国にもあったのです。寒くなると老人は、南のほうをこいしがりました。そのほうには、[*2]せがれや、まごが住んでいました。

「早く、[*3]ひまをもらって帰りたいものだ。」

と、老人はいいました。
「あなたがお帰りになれば、知らぬ人が代わりに来るでしょう。やはり親切な、やさしい人ならいいが、てき、味方というような考えを持った人だとこまります。どうか、もうしばらくいてください。そのうちには、春が来ます。」
と、青年はいいました。
やがて冬が去って、また春と

＊1勝ち味…勝ち目。勝つ見こみ。＊2せがれ…むすこ。
＊3ひまをもらう…（つとめ先などを）やめる。

なりました。ちょうどそのころ、この二つの国は、なにかの*1利益問題から戦争を始めました。そうしますと、これまで毎日、なかむつまじくくらしていた二人は、てき、味方の間がらになったのです。それが、いかにもふしぎなことに思われました。

「さあ、お前さんとわたしは、今日からかたき同士になったのだ。わたしは、こんなにおいぼれていても*2少佐だから、わたしの首を持ってゆけば、あなたは出世ができる。だから殺してください。」

と、老人はいいました。

これを聞くと、青年は、あきれた顔をして、

「なにをいわれますか。どうしてわたしとあなたとが、かたき同士でしょう。わたしのかたきは、ほかになければなりません。戦争

は、ずっと北のほうで開かれています。わたしは、そこへ行って戦います。」

と、青年はいいのこして、去ってしまいました。

国境には、ただ一人、老人だけがのこされました。青年のいなくなった日から、老人は、ぼうぜんとして日を送りました。野ばらの花がさいて、みつばちが、日がのぼると、くれるころまでむらがっています。今、戦争は、ずっと遠くでしているので、たとえ耳をすましても、空をながめても、鉄ぽうの音も聞こえなければ、黒いけむりのかげすら見られなかったのであります。老人は、その日から、青年の身の上をあんじて*3いました。日はこうしてたちました。

ある日のこと、そこを旅人が通りました。老人は戦争について、

*1利益…もうけ。得になること。　*2少佐…軍人の階級の一つ。　*3あんじる…心配する。

げました。

　どうなったかとたずねました。すると、旅人は、小さな国が負けて、その国の兵士はみな殺しになって、戦争は終わったということをつげました。

　老人は、そんなら青年も死んだのではないかと思いました。そんなことを気にかけながら石碑のいしずえ[*1]に、こしをかけてうつむいていますと、いつしか知らず、うとうとといねむりをしました。あちらから、おおぜいの人の来るけはいがしました。見ると、一列の軍隊でありました。そして馬に乗ってそれを指揮するのは、かの青年でありました。その軍隊はきわめてせいしゅく[*2]で、声を一つ立てません。やがて老人の前を通るときに、青年は黙礼[*3]をして、ばらの花をかいだのでありました。

＊１いしずえ…建物のもとになる部分。＊２せいしゅく…声や物音を立てず、しずかなこと。＊３黙礼…だまって、ていねいにおじぎをすること。

老人は、なにかものをいおうとすると目がさめました。それは、まったくゆめであったのです。それから一月ばかりしますと、野ばらがかれてしまいました。その年の秋、老人は南のほうへひまをもらって帰りました。

（「野ばら」おわり）

月(つき)とあざらし

小川未明(おがわみめい)・作(さく)

北方の海は、銀色にこおっていました。長い冬の間、太陽はめったにそこへは顔を見せなかったのです。なぜなら、太陽は、いん気なところは、[*1]すかなかったからでありました。そして、海は、ちょうど死んだ魚の目のように、どんよりとくもって、毎日、毎日、雪がふっていました。

一ぴきの親のあざらしが、

氷山のいただき[*2]にうずくまって、ぼんやりとあたりを見まわしていました。そのあざらしは、やさしい心を持ったあざらしでありました。秋のはじめに、どこへか、すがたの見えなくなった、自分のいとしい[*3]子どものことをわすれずに、こうして、毎日あたりを見まわしているのであります。

「どこへ行ったものだろう……今日も、まだすがたは見えない。」

あざらしは、こう思っていたのでありました。

寒い風は、しきりなしにふいていました。子どもをうしなった、あざらしは、なにを見ても悲しくてなりませんでした。その時分は、青かった海の色が、今銀色になっているのを見ても、また、体にふりかかる白雪を見ても、悲しみの心をそそったのであります。

＊1すかない……すきではない。＊2いただき……てっぺん。＊3いとしい……かわいい。こいしい。

風は、ヒュウ、ヒュウと音をたててふいていました。あざらしは、この風に向かっても、うったえずにはいられなかったのです。

「どこかで、わたしのかわいい子どものすがたを、*1お見になりませんでしたか。」

と、あわれなあざらしは、声をくもらして、たずねました。

今まで、*2傍若無人にふいていたぼう風は、こうあざらしに問いかけられると、ちょっとそのさけびを止めました。

「あざらしさん、あなたは、いなくなった子どものことを思って、毎日そこに、そうしてうずくまっていなさるのですか。わたしは、なんのために、いつまでも、あなたがじっとしていなさるのか、わからなかったのです。わたしは、今雪とたたかっているのでし

た。この海を雪が占領するか、わたしが占領するか、ここしばらくは、命がけのきょうそうをしているのですよ。さあ、わたしは、たいていこのあたりの海の上は、一通りくまなく＊4かけてみたのですが、あざらしの子どもを見ませんでした。氷のかげにでも、かくれてないているのかも知れませんが……今度、よく注意をして見てきてあげましょう。」

「あなたは、ご親切な方です。いくら、あなたたちが、寒く、つめたくても、わたしは、ここにがまんをして待っていますから、どうか、この海の上をかけめぐりなさるときに、わたしの子どもが、親をさがしてないていたら、どうかわたしに知らせてください。わたしは、どんなところであろうと、氷の山をとびこしてむかい

＊1お見になりませんでしたか…見かけませんでしたか。＊2傍若無人…自分勝手に、気ままにふるまうこと。
＊3占領…ここでは、支配すること。＊4くまなく…すみずみまで。

に行きますから……。」

と、あざらしは、目になみだをためていいました。

風は、行く先を急ぎながらも、かえりみて、

「しかし、あざらしさん、秋ごろ、りょう船が、このあたりへまで見えましたから、そのとき、人間にとられたなら、もはや帰りっこはありませんよ。もし、今度、わたしがよくさがしてきて見つからなかったら、あきらめなさい。」

と、風は、いいのこして、かけてゆきました。

そのあとで、あざらしは、悲しそうな声をたてていたのです。

あざらしは、毎日、風のたよりを待っていました。しかし、一度、やくそくをしていった風は、いくら待っても、もどってはこなかったのでした。

「あの風は、どうしたろう……。」

あざらしは、今度その風のことも気にかけずにはいられませんでした。あとからも、あとからも、しきりなしに、風はふいていました。けれど、同じ風が、ふたたび自分をふくのを、あざらしは見ませんでした。

「もし、もし、あなたは、これから、どちらへお行きになるのですか……。」

とあざらしは、このとき、自分の前をすぎる風に向かって問いかけたのです。

「さあ、どこということはできません。仲間が先へ行くあとを、わたしたちは、ついていくばかりなのですから……。」

と、その風は、答えました。

「ずっと先へ行った風に、わたしはたのんだことがあるのです。その返事を聞きたいと思っているのですが……。」

と、あざらしは、悲しそうにいいました。

「そんなら、あなたとおやくそくをした風は、まだもどってはこないのでしょう。わたしが、その風に会うかどうかわからないが、会ったら、ことづてをいたしましょう。」

と、いって、その風も、どこへとなく去ってしまいました。

海は、はい色に、しずかにねむっていました。そして、雪は、風とたたかって、くだけたり、とんだりしていました。

こうして、じっとしているうちに、あざらしはいつであったか、月が、自分の体をてらして、「さびしいか？」といってくれたことを思いだしました。そのとき、自分は、空をあおいで、

「さびしくて、さびしくてしかたがない！」

と、いって、月にうったえたのでした。

すると、月は、物思い顔に、じっと自分を見ていたが、そのまま、黒い雲の後ろにかくれてしまったことを、あざらしは思いだしたのであります。

さびしいあざらしは、毎日、毎夜、氷山のいただきにうずくまって、わが子どものことを思い、風のたよりを待ち、また、月のことなどを思っていたのでありました。

月は、けっして、あざらしのことをわすれはしませんでした。太陽が、にぎやかな町をながめたり、花のさく野原を楽しそうに見下ろして、旅をするのとちがって、月は、いつもさびしい町や、暗い海を見ながら旅をつづけたのです。そして、あわれな人間の生活のありさまや、[*1]うえにないてい

る、あわれなけものなどのすがたをながめたのであります。

子どもをなくした、親のあざらしが、夜もねむらずに、氷山の上で、悲しみながらほえているのを月がながめたとき、この世の中のたくさんな悲しみに、なれてしまって、[*2]さまで感じなかった月も、心からかわいそうだと思いました。あまりにあたりの海は暗く、寒く、あざらしの心を楽しませるなにもなかったからです。

「さびしいか？」といって、わずかに月は、声をかけてやりましたが、あざらしは、悲しいむねのうちを、空をあおいでうったえたのでした。

＊1うえ…食べ物がなく、ひどくはらがへること。　＊2さまで…それほどまでに。そんなには。

しかし、月は、自分の力で、それをどうすることもできませんでした。その夜から、月はどうかして、このあわれなあざらしをなぐさめてやりたいものと思いました。

ある夜、月は、はい色の海の上を見下ろしながら、あのあざらしは、どうしたであろうと思い、空のみちを急ぎつつあったのです。やはり、風が寒く、雲はひくく氷山をかすめてとんでいました。はたして、あわれなあざらしは、その夜も、氷山のいただきに、うずくまっていました。

「さびしいか?」

と、月はやさしくたずねました。

この前よりも、あざらしは、いく分かやせて見えました。そして、

悲しそうに、空をあおいで、

「さびしい！　まだ、わたしの子どもはわかりません。」

といって、月にうったえたのであります。

月は、青白い顔で、あざらしを見ました。その光は、あわれなあざらしの体を、青白くいろどったのでした。

「わたしは、世の中のどんなところも、見ないところはない。遠い国のおもしろい話をして聞かせようか？」

と、月は、あざらしにいいました。

すると、あざらしは、頭をふって、

「どうか、わたしの子どもが、どこにいるか、教えてください。見つけたら、知らしてくれるといってやくそくをした風は、まだなんともいってきてはくれません。世界中のことがわかるなら、ほかのことは聞きたくありませんが、わたしの子どもは、今どこにどうしているか教えてください。」

と、あざらしは、月に向かってたのみました。

月は、この言葉を聞くと、だまってしまいました。なんといって答えていいか、わからなかったからです。それほど、世の中には、あざらしばかりでなく、子どもをなくしたり、さらわれたり、殺されたり、そのような悲しいことがらが、そこここにあって、一つ一つおぼえてはいられなかったからでした。

「この北海の上ばかりでも、いくひきの子どもをなくしたあざらしがいるか知れない。しかし、お前は、子どもにやさしいから一倍*1

悲しんでいるのだ。そして、わたしは、それだから、お前をかわいそうに思っている。そのうちに、お前を楽しませる物を持ってこよう……。」

と、月は、いって、また雲の後ろにかくれました。

月は、あざらしにした、やくそくをけっしてわすれませんでした。ある晩がた、南のほうの野原で、わかい男や、女が、さきみだれた花の中で笛をふき、たいこを鳴らしておどっていました。月は、このありさまを空の上から見たのであります。

これらの男女は、いずれも牧人でした。*2

*1 一倍…人一倍。ふつうの人の二倍。
*2 牧人…牧場で、牛や馬などの番や世話をする人。

もうこの地方は、あたたかで、みんなは畑や田に出て、たがやさなければなりませんでした。一日*1のらに出てはたらいて、夕ぐれになると、みんなは、月の下でこうしておどり、その日のつかれをわすれるのでありました。

男どもは、牛や、ひつじを追って、月の下のかすんだ道を帰ってゆきました。女たちは、花の中で休んでいました。そして、そのうちに、花のかおりによい、やわらかな風にふかれて、うとうとねむってしまった者もありました。

このとき、月は、小さなたいこが、草原の上に投げだしてあるのを見て、これを、あわれなあざらしに持っていってやろうと思ったのです。

月が、手をのばしてたいこをひろったのを、だれも気づきませんでした。その夜、月は、たいこをおって[＊2]、北のほうへ旅をしました。北のほうの海は、いぜんとして銀色におって、寒い風がふいていました。そして、あざらしは、氷山の上に、うずくまっていました。「さあやくそくの物を持ってきた」といって、月は、たいこをあざらしに、わたしてやりました。

あざらしは、そのたいこが気に入ったとみえます。月が、しばらく日をたったのちに、このあたりの海上をてらしたときは、氷がとけはじめて、あざらしの鳴らしているたいこの音が、波の間から聞こえました。

（「月とあざらし」おわり）

＊1のら……田や畑。＊2おって……せおって。

物語の「声」を聞こう
賢治・未明の作品について

解説／武蔵野大学教授
宮川健郎

この本には、宮沢賢治の童話が二つ、小川未明の童話が三つ、おさめられています。

「風がどうとふいてきて、草はざわざわ、木の葉はかさかさ、木はごとんごとんと鳴りました」――賢治の「注文の多い料理店」では、風がどうとふいて、すっかりおなかをすかせた二人のわかい紳士が、ふと後ろを見ると、「西洋料理店　山猫軒」の看板があったのです。

「山猫軒」を、命からがらにげだした二人が食べたのは、みのぼうしのりょう師のだんごでした。すっかりイギリスの兵隊の形の紳士たちと、みのぼうしのりょう師、西洋料理店とだんごという、じつにあざやかな対比のなかで展開する皮肉な物語です。

「どう」「ざわざわ」「ごとんごとん」――印象的なオノマトペによって、作中に、ふしぎな料理店の世界が開かれます。紳士たちが料理店をぬけだすときも、同じオノマトペがくりかえされます。

オノマトペというのは、擬声語や擬態語のことです。雨や風や、さまざまな音を言葉の音でうつすのが擬声語、じっさいには音はしないけれど、ようすを音であらわすのが擬態語です。

賢治のオノマトペは、ほかの作家や詩人の作品にはない独特なもので、何かをうつすというより、オノマトペが新しい何かを作りだすようです。

「セロがおくれた。トォテテ　テテテイ、ここからやりなおし。はいっ。」――楽長にそういわれて、ゴーシュは、毎晩、「ごうごうごうごう」セロをひきつづけます。

ゴーシュが「第六交響曲」をみごとに仕上げるまでをえがいた「セロひきのゴーシュ」にも、いくつものオノマトペが出てきます。オノマトペがゆたかな賢治童話は、声に出して読んでみると、急に生き生きと、わたしたちにせまってきます。

小川未明の童話「野ばら」には、一かぶの野ばらが、えがかれます。

野ばらが植えられているのは、大きな国と、それよりは少し小さな国の国境です。その国境は、それぞれの国の兵士が守っています。大きな国の兵士は老人で、小さい国は青年です。二人は、だんだんに話をするようになり、親しくなりますが、やがて、二つの国が戦争を始めて、敵同士になってしまいます。青年は、じっさいに戦争が行われている北のほうへ行き、老人は、一人になってしまいます。

「それから一月ばかりしますと、野ばらがかれてしまいました。その年の秋、老人は南のほうへ、ひまをもらって帰りました。」

これが物語のおしまいですが、野ばらは、いったい何をあらわしているのでしょうか。野ばらがかれたというのは、青年が戦争で命を落としたということなのでしょうか。それとも、老人と青年の幸せな時間が、もううしなわれたということでしょうか。その両方のような気もしますが、はっきりそういえるわけではありません。物語の中で、野ばらは、何かを説明しているわけではないからです。この作品の中の野ばらのような役割をはたすものを「象徴」といいます。「象徴」は、頭の中の考えのような形のないものを、一つの形としてあらわします。

説明ではなく、「象徴」として語られる未明の童話は、詩のようなものですから、やはり、声に出して読んでみましょう。読むわたしたちの声を通して、物語が語る声が聞こえてきます。

「月夜とめがね」の声は、月の光がうす青くてらす世界を語ります。「月とあざらし」からは、「さびしいか？」とたずねる月の声も、「さびしい！」と答える、子どもをなくした、あざらしの声も聞こえるのです。

付記――執筆にあたり、秋枝美保著『宮沢賢治を読む―童話と詩と書簡とメモと』（朝文社・二〇一七年）を参考にさせていただきました。

宮川健郎（みやかわ　たけお）
児童文学研究者、武蔵野大学文学部教授、大阪国際児童文学振興財団理事長。立教大学文学部日本文学科卒業。同大学院修了。『現代児童文学の語るもの』『宮沢賢治、めまいの練習帳』『物語もっと深読み教室』ほか著書・編著多数。

日本の名作にふれてみませんか

監修 元梅花女子大学専任教授 加藤康子

人は話がすき

人は話がすきです。うれしかった、悲しかったなど、心が動いたときに、その気持ちをだれかに話したくなりませんか。わくわくしている人の話を聞きたくなりませんか。どの地域でも、どの時代でも、人は話がすきです。文章で書き記し、多くの人々が夢中になって、受けついできた話が「名作」です。人々の心を動かしてきた日本の「名作」の物語をあなたにおとどけします。

「名作」の力

「名作」には内容にも言葉にも力があります。一人で読むと、想像が広がり、物語の世界を体験したような思いがして、心が動きます。

さらに、読む年れいによって、いろいろな感想や意見が生まれます。小学生のときにふしぎだったことが、経験をつんで大人になるとなっとくでき、新しい考え方をすることがあります。「名作」の物語の世界は、読む人の中で、広く深く長く生きつづけるのです。

「名作」は宝物

今、あなたは日本の「名作」と出会ったことでしょう。このシリーズでは、みなさんが楽しめるように、文章やさし絵などを工夫しています。ページをめくって、作品にふれてみてください。

そして、年を重ねてから読みかえしてみてください。できれば、原作の文章や文字づかいにも挑戦してください。この「名作」は、あなたの一生の宝物です。

絵（注文の多い料理店、野ばら）**館尾　冽**（たてお　れつ）

漫画家。漫画・イラストの主な作品に「フルメタル・パニック！」シリーズ（KADOKAWA）『獣臣蔵』（秋田書店）『マンガ平家物語』（朝日新聞出版）『学研まんが NEW日本の歴史6』『学研まんが 日本の古典 まんがで読む 古事記』『10歳までに読みたい世界名作 宝島』（以上学研）などがある。

絵（セロひきのゴーシュ、月夜とめがね、月とあざらし）**坂本コウ**（さかもと　こう）

漫画家。東本昌平氏に師事し、漫画を学ぶ。2008年、「FlexComixブラッド」にて『かげおに』でデビュー。漫画・イラストの主な作品に『コミック版 世界の伝記　円谷英二』『同 ファーブル』「ファンタジー超図鑑」シリーズ『マンガでマスター 昆虫教室』（以上ポプラ社）などがある。

監修 **加藤康子**（かとう　やすこ）

愛知県生まれ。東京学芸大学大学院（国語教育・古典文学専攻）修士課程修了。中学・高校の国語教員を経て、梅花女子大学で教員として近代以前の日本児童文学などを担当。その後、東海大学などで、日本近世文学を中心に授業を行う。

※この本の作品収録にあたっては、宮沢賢治作品は『宮沢賢治コレクション1』『宮沢賢治コレクション2』（筑摩書房）、小川未明作品は『日本児童文学大系5　小川未明集』（ほるぷ出版）を底本としました。
※本作品中には、今日の人権意識から見て不適切と思われる表現が一部含まれています。しかし、作品の文学的な価値を考慮し、原文のままといたしました。ご理解下さいますよう、お願い申し上げます。

写真提供／宮沢賢治記念館、国立国会図書館、朝日新聞社、photolibrary、学研・資料課

10歳までに読みたい日本名作11巻

注文の多い料理店／野ばら

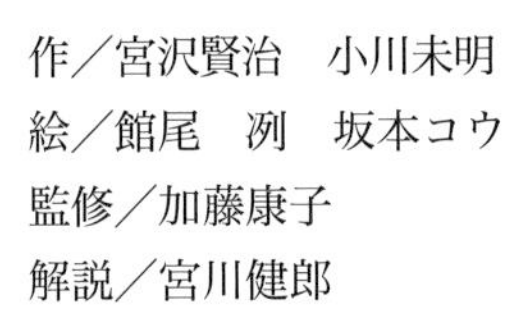

2018年３月13日　第１刷発行
2020年２月14日　第５刷発行

作／宮沢賢治　小川未明
絵／館尾　冽　坂本コウ
監修／加藤康子
解説／宮川健郎

装幀・デザイン／石井真由美（It design）
本文デザイン／ダイアートプランニング
大場由紀

発行人／松村広行
編集人／小方桂子
企画編集／永渕大河　皇甫明奈　松山明代
岡澤あやこ
編集協力／勝家順子　上埜真紀子　酒井明子
ＤＴＰ／株式会社アド・クレール
発行所／株式会社学研プラス
〒141-8415 東京都品川区西五反田2-11-8
印刷所／株式会社廣済堂

この本は環境負荷の少ない下記の方法で製作しました。
●製版フィルムを使用しないCTP方式で印刷しました。
●一部ベジタブルインキを使用しました。
●環境に配慮して作られた紙を使用しています。

この本に関する各種お問い合わせ先
●本の内容については　Tel 03-6431-1615（編集部直通）
●在庫については　Tel 03-6431-1197（販売部直通）
●不良品（落丁、乱丁）については　Tel 0570-000577
学研業務センター
〒354-0045　埼玉県入間郡三芳町上富279-1
●上記以外のお問い合わせは
Tel 03-6431-1002（学研お客様センター）

【お客様の個人情報取り扱いについて】
アンケートはがきにご記入いただいてお預かりした個人情報に関するお問い合わせは、株式会社学研プラス　幼児・児童事業部（Tel 03-6431-1615）までお願いいたします。
当社の個人情報保護については、当社ホームページ
https://gakken-plus.co.jp/privacypolicy/をご覧ください。

NDC913　156P　21cm

学研の書籍・雑誌についての新刊情報・詳細情報は、
下記をご覧ください。
学研出版サイト　https://hon.gakken.jp/

物語を読んで、
想像のつばさを
大きく羽ばたかせよう！
読書の幅を
どんどん広げよう！

シリーズキャラクター
「名作くん」

また、あおう！